Editions ASUKA

L'INFIRMERIE APRES LES COURS
- HÔKAGO HOKENSHITSU -

2

Setona Mizushiro

ASUKA

RÉSUMÉ DES VOLUMES PRÉCÉDENTS

Mashiro décide de protéger les filles sans défense comme Kuréha. Qui est celui qui a dévoilé le secret de son corps ? Mashiro ne peut s'empêcher de penser aux autres participants, tous élèves de son lycée. C'est alors que So, un garçon qu'il préférait éviter, lui déclare soudainement "tu es une fille" avant de l'embrasser de force! Pourquoi So connaît-il son secret ? Serait-il l'un des participants ? Mashiro est troublé...
À l'issue du second "cours", la puissance des autres élèves est évidente. Mashiro doit se battre comme un homme... du moins c'est ce qu'il souhaite...

Mashiro ichijo est un lycéen dont la moitié inférieure du corps est celle d'une femme. Un jour, il est emmené au sous-sol, dans une infirmerie inconnue, afin de suivre un "cours après les cours", nécessaire pour quitter le lycée. Lors de cette séance qui a lieu dans un rêve, il rencontre Kuréha, qui lui apprend que les élèves s'affrontent sous leur véritable apparence, différente de celle qu'ils possèdent dans la réalité, pour passer l'épreuve.
Mashiro se promet alors d'y devenir un homme.
Cependant, un participant en armure dévoile son secret. irrité par ce cours qui remue le couteau dans les plaies de son cœur,

Koukoku Senior High School

SOMMAIRE

ISBN: 2-84965-130-3

"... SO,
NE SOIS PAS SI CHOQUÉ.
J'AI RÉFLÉCHI À UNE MANIÈRE DE T'APPROPRIER MASHIRO ICHIJO..."

L'INFIRMERIE APRÈS LES COURS — CHAPITRE 5

MASHIRO ...
QUE S'EST-IL PASSÉ AVEC SO MIZU-HASHI ?
BOBOM
HEIN ...
POURQUOI ÇA ?
C'EST QUE,
CES DERNIERS TEMPS... TU ES UN PEU BIZARRE...
... IL NE S'EST RIEN PASSÉ.
C'EST VRAI ?
VRAI DE VRAI. DE TOUTE FAÇON, JE NE M'EN-TENDS PAS AVEC SO.
VRAI-MENT ? TU NE MENS PAS ?
... C'EST VRAI... JE T'ASSURE...

DANS CE LYCÉE, LES ÉLÈVES DISPARAISSENT PEU À PEU.
LE PROFESSEUR A DIT QU'ILS NOUS AVAIENT QUITTÉ EN SECRET.
AU SOUS-SOL, IL EXISTE UNE INFIRMERIE CACHÉE,
OÙ LES ÉLÈVES CONVOQUÉS AU "COURS" PARTAGENT UN MÊME RÊVE, DANS LEQUEL ILS CONFRONTENT LEUR COEUR.
ET CEUX QUI ONT RÉUSSI LEUR ÉPREUVE S'EN VONT, UN À UN.

DANS CE RÊVE, NOUS PRENONS UNE APPARENCE QUI SYMBOLISE NOTRE CŒUR,
MAIS QUI EST SOUVENT TELLEMENT ÉLOIGNÉE DE LA RÉALITÉ
QU'IL EST IMPOSSIBLE DE DEVINER L'IDENTITÉ DES PARTICIPANTS.
PENDANT CE COURS, MON SECRET A ÉTÉ DÉVOILÉ.
MOI QUI ME FAIT PASSER POUR UN HOMME
ALORS QUE LA PARTIE INFÉRIEURE DE MON CORPS EST CELLE D'UNE FEMME...
ÇA VA, MASHIRO ?
TU ES TOUT PÂLE...
AH... OUI, T'EN FAIS PAS.
CE QUI SIGNIFIE QUE TOUS CEUX QUI SONT AU COURANT
PARTICIPENT AU COURS.

"TU ÉTAIS BIEN UNE FILLE."
" J'AI RÉFLÉCHI À UNE MANIÈRE DE T'APPROPRIER MASHIRO ICHIJO.
TA GRANDE SŒUR VA ÊTRE ENCORE PLUS MÉCHANTE AVEC CE PETIT.

ET QUAND IL SERA BIEN MAL EN POINT, TU LE CONSOLERAS.
ALORS IL VA SÛREMENT TOMBER AMOUREUX ...DE TOI... ...OPÉRATION : SO, LE... SAUVEUR. (RIRES)
BONNE IDÉE, NON ?"
CETTE IDIOTE...
ELLE SE MOQUE DU MONDE !
PLAF
... TU ES FÂCHÉ, SO
MAIS VOILÀ CE QUI ARRIVE
QUAND TU T'APPROCHES DE MASHIRO ICHIJO...

SSH
CLANG
カラーン

SALLE DE PERMANENCE
BONJOUR.
... L'AUTRE JOUR, TU ARROSAIS LES FLEURS,
ALORS QUE TU N'ES PLUS RESPONSABLE DE L'ENTRETIEN.
J'AI DONC PENSÉ QUE TU ÉTAIS UNE FILLE SÉRIEUSE ET GENTILLE,
EN FIN DE COMPTE.

...
QUELLE CANDEUR !
ÇA M'A JUSTE ÉNERVÉE ...
QU'ILS LES LAISSENT FLÉTRIR ALORS QUE J'AVAIS PRIS LA PEINE DE LES ENTRETENIR...
POURQUOI EST-CE QUE TU ME PARLES ?
APRÈS CE QU'IL T'EST ARRIVÉ AU SOUS-SOL, TU N'AS PAS PEUR DE MOI ?
AH ÇA...
J'AI ÉTÉ EFFRAYÉ, MAIS CE N'ÉTAIT QU'UN RÊVE.
TU NE M'ASPIRERAS PAS DANS LA RÉALITÉ.
BON, C'EST VRAI QUE J'AI ÉTÉ SURPRIS...
VOUS ÊTES TOUS FORTS !
PAS MOYEN DE ME DÉFENDRE, JE ME FAIS AVOIR À CHAQUE FOIS.

C'EST PARCE QUE TU ES TROP CANDIDE.
ÇA NE T'EFFLEURE MÊME PAS L'ESPRIT D'ACCUSER LES AUTRES OU DE LEUR FAIRE PARTAGER TES DOULEURS.
...TU ME TROUVES SI NAÏF QUE ÇA...
CERTES, JE NE VEUX PAS BLESSER LES GENS.
S'IL N'Y A PAS D'AUTRE FAÇON DE FAIRE, JE PRÉFÈRE RESTER FAIBLE.
... MAIS TU N'ARRIVERAS À RIEN DE CETTE FAÇON...
IL FAUT UTILISER TON IMAGINATION.
ET LA CONCRÉTISER.
EN CRÉANT UNE IMAGE PUISSANTE,
TU POURRAS ATTAQUER OU PROTÉGER À TA GUISE.

... DIS-MOI
À TON AVIS, QU'EST-CE QUE C'EST ?
HEIN ?
JE LA VOIS DANS LE CIEL DEPUIS UN MOMENT,
... UNE LUNE
LA LUNE ...?
PAS CELLE QU'ON VOIT D'HABITUDE... IL Y EN A UNE AUTRE.
UNE LUNE NOIRE.
?

?
... IL N'Y A RIEN...
?
...
AH BON...
ALORS ...
JE SUIS PEUT-ÊTRE LA SEULE À LA VOIR...

"IL FAUT UTILISER TON IMAGINATION.
ET LA CONCRÉTISER."
SI...
... S'IL S'AVÈRE QUE...

SO SE CACHE DANS CETTE ARMURE,
ET QU'IL ARRIVE À MANIER CETTE LOURDE ÉPÉE PAR LA FORCE DE SON IMAGINATION...
MOI AUSSI,
JE PEUX LE FAIRE.

DONG
DONG
VLAF
VLAF
VLAF
VLAF

...!
... DÉSOLÉ, J'AVAIS PAS VU QUE T'ÉTAIS LÀ.
'SCUSE,
JE M'EN VAIS.
... ATTENDS.
J'AI UNE QUESTION À TE POSER.
SO...
QUE PENSES-TU
DE CE QUE TU M'AS FAIT SUBIR ?

... COMMENT ÇA ?
PAS MÊME UN MOT D'EXCUSE ?
UN TRUC COMME "JE RÉALISE QUE J'AVAIS TORT".
TU N'AS AUCUN POIDS SUR LA CONSCIENCE !?
DE QUAND ET DE QUOI TU PARLES?
TU LE SAIS TRÈS BIEN !!
JE M'EXCUSERAI PAS POUR LE BAISER.
NON, JE NE M'EXCUSE-RAI PAS.

... TU SAIS QUE JE SUIS UN GARÇON...
JE NE LE CROIS PAS.
MAIS J'EN SUIS UN !
TU AS COUCHÉ AVEC FUJISHIMA ?
HEIN !?
TU OSES DIRE DES TRUCS PAREILS DANS CE LIEU SACRÉ !!
ÇA VA PAS LA TÊTE !?
TU L'AIMES, NON ?
ALORS POURQUOI PAS?
... JE NE SUIS PAS UNE BÊTE DE SEXE COMME TOI...!
AVOUE QUE C'EST PAS POSSIBLE PARCE QUE T'ES PAS UN HOMME.
...!
...
... MAIS...

JE NE LE FERAI PAS NON PLUS AVEC TOI.
JAMAIS...!
JE LE JURE SUR MA VIE...!
... JE M'EN DOUTAIS
HUM...
SO !!
... L'INFIRMERIE...
HÉ, JE N'AI PAS FINI !
AÏE...

... AÏE...
...!
...
ICHIJO ?
T'AS QUOI ?
... RIEN DU TOUT...
HÉ, MAIS TU ES TOUTE PÂLE.
NE ME TOUCHE PAS !!
C'EST UNE MALADIE.
UNE MALADIE QUI ME FAIT SAIGNER TOUS LES MOIS.
JE NE SUIS PAS UNE FILLE.
JE NE VEUX PAS AVOIR D'OVAIRES.
... JE T'EMMÈNE À L'INFIRMERIE.
NON
ME TOUCHE PAS... !
FAIS PAS TA TÊTE DE MULE!

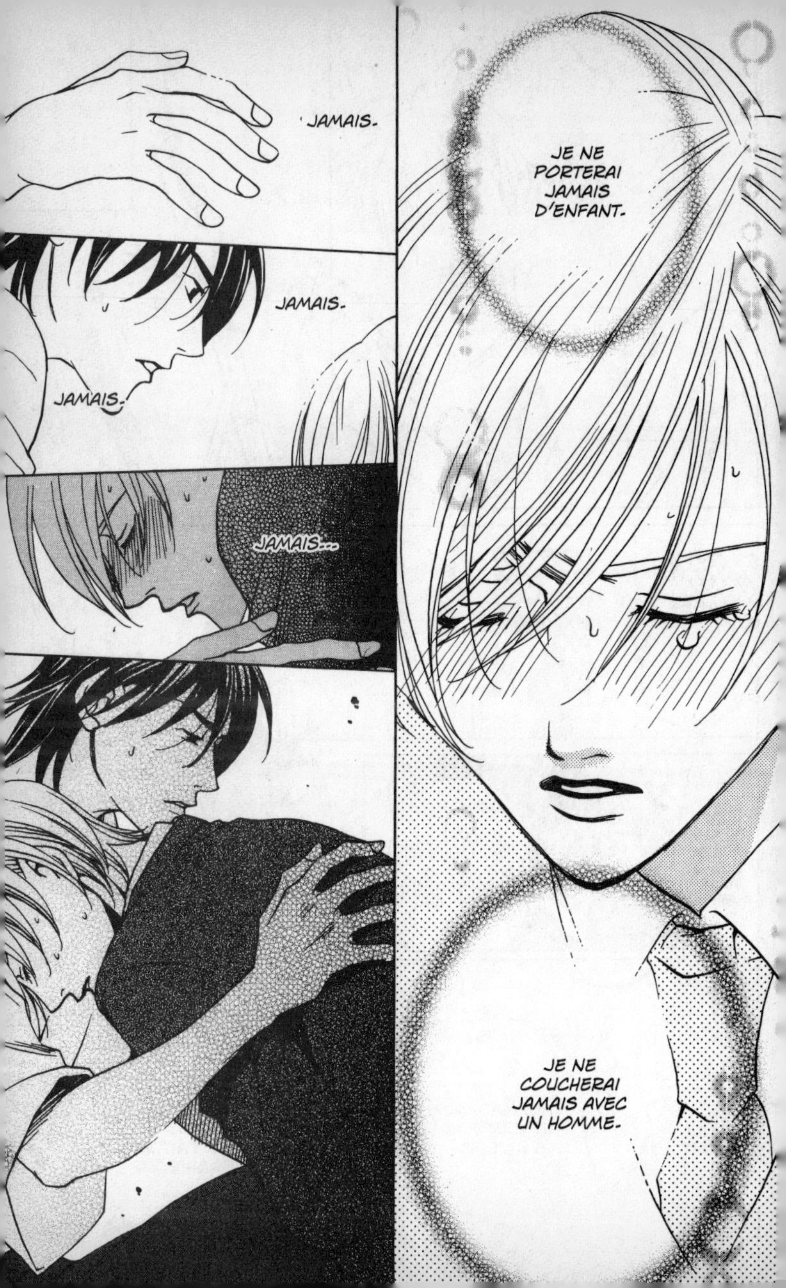
JE NE PORTERAI JAMAIS D'ENFANT.
JE NE COUCHERAI JAMAIS AVEC UN HOMME.
JAMAIS.
JAMAIS.
JAMAIS.
JAMAIS...

INFIRMERIE
... TIENS,
SON SAC.
JE TE LAISSE T'EN CHARGER
...
...
QU'EST-CE QUE TU AS FAIT À MASHIRO...
BEN ...
ICHIJO A EU UN MALAISE, ALORS JE L'AI PORTÉE JUSQU'ICI...
CE N'EST PAS CE QUE JE TE DE-MANDE !!
IL A DÛ SE PASSER QUELQUE CHOSE !
MAIS MASHIRO NE VEUT PAS ME LE DIRE !
TU LUI AS FAIT QUOI !?

... JE NE PEUX PAS TE LE DIRE SANS SON ACCORD.
QUOI ! VOUS PARTAGEZ UN SECRET RIEN QU'À VOUS !?
C'EST JUSTE UNE QUESTION D'ÉTHIQUE... LAISSE TOMBER.
NON, PAS QUES-TION !!
TU VAS PARLER !!
BAM
BOUM
QU'EEEEST-CE QUE T'AS FAIT À MASHIRO ?!
TU ME SAOULES, MINUS !!
J'AI RIEN FAIT DE PLUS QUE TOI !!
CE QUE J'AI FAIT... ?
...
JE LUI AI DONNÉ UN GÂTEAU FAIT MAI-SON...
TU ME VOIS FAIRE ÇA ? NON MAIS ÇA VA PAS ?
!!
JE SAIS, TU L'AS EM-BRASSÉ !!
'SUIS PAS LESBIENNE !! MASHIRO EST UN GARÇON !!
AAARG
J'Y CROIS PAS! NOON ! ESPÈCE D'HOMO !!
'SUIS PAS HOMO !!
C'EST PLUTÔT TOI QUI T'AFFICHES EN LES-BIENNE !!
ELLE A RIEN D'UN MEC...
VRRR...

...
VOUS ÊTES BIEN REMONTÉS VOUS DEUX...
SNIFF
SNIIF ?
MASHIRO ...!
わーん
SNIF
SO MIZUHASHI EST MÉCHANT AVEC MOIII !!
HEIN ?
SO ! QU'EST-CE QUE TU AS FAIT À KURÉHA ?!
...
CETTE FILLE AGRESSIVE... TU LA TROUVES MIGNONNE ? TU VEUX LA PROTÉGER ?
T'ES STUPIDE OU QUOI ?
HEIN ?
JE T'AI JUSTE RAPPORTÉ TON SAC !!
SALUT !!
BOF
ぼす
TAP
TAP
...
MERCI...

MASHIRO ...
ÇA VA...
TU NE DEVRAIS PAS RESTER COUCHÉ ? TES DOULEURS...
QUELLE POISSE, ÇA NE DEVAIT PAS VENIR SI TÔT, MAIS JE SUIS DÉRÉGLÉ...
ON A COURS À L'INFIRMERIE AUJOURD'HUI...
TU POURRAS Y ALLER ?
BIEN SÛR.
TOUT IRA BIEN.
ON NE FAIT QUE DORMIR DANS CE COURS,
TROP FACILE.
LA CLASSE ! TU ES TROP COOL MASHIRO !!
... SO...
SE POURRAIT-IL...

QU'IL N'AIT PAS DE LIEN AVEC CETTE ARMURE ?
JE LES AURAIS TROP VITE ASSOCIÉS À CAUSE DU KENDO...?
MAIS DANS CE CAS...
COMMENT EST-IL AU COURANT POUR MON CORPS...
SO ♡
TAP
... JE VOULAIS TE VOIR ♡

...
JE T'AVAIS DIT DE NE PAS VENIR...!
C'EST POUR ÇA QUE JE T'ÉCRIVAIS.
... GRANDE SŒUR... !
MAIS... TU NE M'ÉCOUTAIS PAS.
ALORS J'AI FAIT DE MÊME.

QU'EST-CE QUE TU AS...
L'INTENTION DE FAIRE À MASHIRO ICHIJO ?
...
CE PETIT NE TOMBERA JAMAIS AMOUREUX DE TOI.
TU N'Y ARRIVERAS PAS. LAISSE TOMBER.
... TANT PIS SI C'EST IMPOSSIBLE,
MAIS C'EST MON PROBLÈME...
TU VEUX ENCORE LE PRENDRE DE FORCE ?
JE TROUVE ÇA TELLEMENT VULGAIRE...
... ÇA...
JE NE LE REFERAI PLUS...
...
クス.
TROP CHOU !
TU ES SI MIGNON, MON PETIT SO.
...
... GRANDE SŒUR...
...

POURQUOI EST-CE QUE...
TU NE QUITTES PAS LE LYCÉE ?
LE JOUR OÙ UNE FILLE T'AIMERA VRAIMENT,
JE M'EN IRAI SUR-LE-CHAMP.
MAIS CETTE FILLE N'ARRIVE TOUJOURS PAS.
PERSONNE NE T'AIME.
... À PART MOI...

...
...!
ARRÊTE D'OBSERVER MES MOINDRES FAITS ET GESTES...
NE VIENS PLUS ME VOIR.
NE M'ÉCRIS PLUS.
JE M'EN SORTIRAI TOUT SEUL.
JE RÉSOUDRAI CETTE HISTOIRE MOI-MÊME.
ALORS...

NE TOUCHE PAS À MASHIRO ICHIJO...!
DONG
DONG
...
TOI... ET TOUS LES AUTRES...
PERSONNE N'EST DE TAILLE CONTRE MOI,
TU LE SAIS BIEN...

DOON
...

MARY AVAIT UN PETIT AGNEAU ♪
BÊÊ BÊÊ ♪
L'AGNEAU ... ♪

♪
... PROIE NUMÉRO 3
EN LIGNE DE MIRE ♪
...
... D'HABITUDE...
TU TE CONTENTES D'OBSERVER ET DE SOURIRE.
MAIS LÀ...
QU'EST-CE QU'IL T'ARRIVE ?
JE SUIS SUR LES NERFS,
ALORS JE ME DÉFOULE. ♪
TU VEUX Y GOÛTER AUSSI ? NE T'EN FAIS PAS, CE N'EST QU'UN RÊVE !

...
SI TU AS SOIF DE SANG...
TU N 'AS QU'À ME REGARDER.
JE NE SUPPORTE PLUS
CES CAUCHEMARS.
CETTE APPARENCE ...!
TAP
TAP
TAP
TAP
KURÉHA !
KURÉHA !
... OÙ ES-TU !?
C'EST TROP CALME.
JE N'AI ENCORE RENCONTRÉ PERSONNE.

--- MIDORI !!
QU'EST-CE QU'IL TE PREND, MIDORI !!
... ARRÊTE !
MIDORI --- !!

"IL FAUT UTILISER TON IMAGINATION.
ET LA CONCRÉTISER."
TU NE DOIS PAS CRÉER CE GENRE D'IMAGES !!
"CE N'EST QU'UN RÊVE."
ARRÊTE CE RÊVE,
MIDORI ...!!

... MIDORI ...!
...
TAP
ZAM

--- HAA---
AH---

CRRR
... TU...
ATTAQUES TOUJOURS PAR SURPRISE... OU PAR-DERRIÈRE...
ESPÈCE DE LÂCHE...!
TU N'AVAIS QU'À FAIRE ATTENTION À TES ARRIÈRES.
ZZ...
HAA...
AH...
BRR
BRR
BRR
AH...
OUH
... H !
ZWIP
AH... !
...!

MM
ZZZ...
AH !
NOOOON...
CRASH
ZWIP
AH...
AH...
AR...
ZZ
ZWIP
CRIP
ARRÊTE ...!
ZZ
AÏE...
AH
ZWIP
...!!

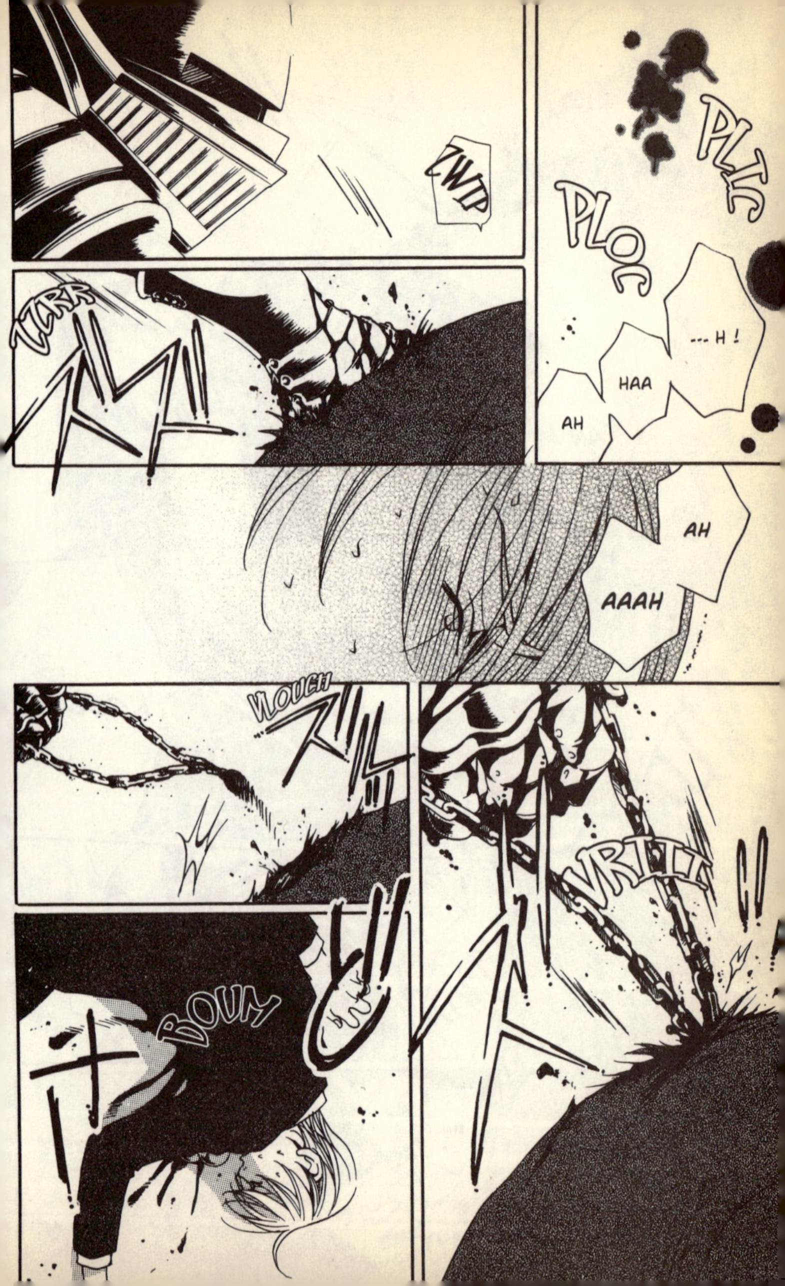
PLIC
PLOC
... H !
HAA
AH
ZWIP
ZIRR
AH
AAAH
VLOUCH
VRIII
BOUM

SCHLING
SCHLING
"ON CHERCHE UNE CLEF.
SI ON ARRIVE À SORTIR DU RÊVE AVEC, ON PEUT QUITTER LE LYCÉE."
"LA CLEF
SORT SOUVENT DU CORPS DE QUELQU'UN."
SCHLING

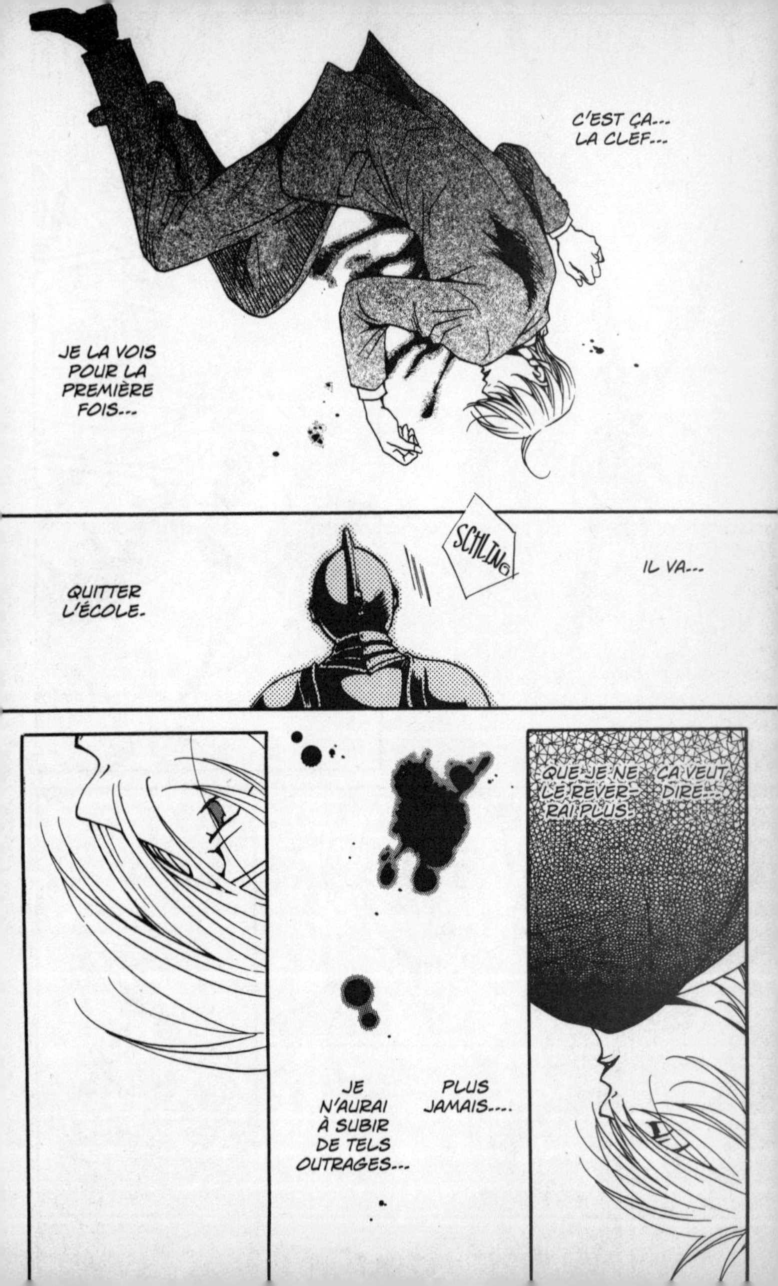
C'EST ÇA... LA CLEF...
JE LA VOIS POUR LA PREMIÈRE FOIS...
IL VA...
SCHLIN
QUITTER L'ÉCOLE.
ÇA VEUT DIRE...
QUE JE NE LE REVERRAI PLUS.
PLUS JAMAIS...
JE N'AURAI À SUBIR DE TELS OUTRAGES...

... ATTENDS.
...
TANT MIEUX SI TU DISPA-RAIS DE CE LYCÉE...
... MAIS
JE NE PEUX PAS...
TE PARDON-NER POUR AUTANT.

AFFRONTE-MOI LOYALEMENT.
TU N'AS FRANCHI AUCUNE ÉPREUVE QUI TE PERMETTE DE QUITTER CE LIEU,
JE NE TE RECONNAIS PAS CE DROIT... !

UNE "ÉPÉE MÂLE"
ET UNE "ÉPÉE FEMELLE"
... C'EST ÇA ?
TCHAC
AMUSANT.
POURQUOI PAS ?
UN DERNIER COMBAT CONTRE TOI...

CHAPITRE 5 / FIN

CHAPITRE 6

L'INFIRMERIE APRÈS LES COURS

... ELLE AVAIT POURTANT PROMIS DU SANG...
TOUT ÇA,
À CAUSE DE LUI...

FOUSH
CLING

* NDT : L'ART DE MANIER DEUX SABRES.

MAIS ELLES SONT RELIÉES,
JE NE PEUX PAS ME DÉBARRAS-SER DE CELLE QUI EST PLUS COURTE.
"L'ÉPÉE MÂLE" ET "L'ÉPÉE FEMELLE".
JE DOIS ME BATTRE
AVEC CES DEUX ÉPÉES.
ELLES SYMBOLISENT MON ÉTAT ACTUEL... !
CLING

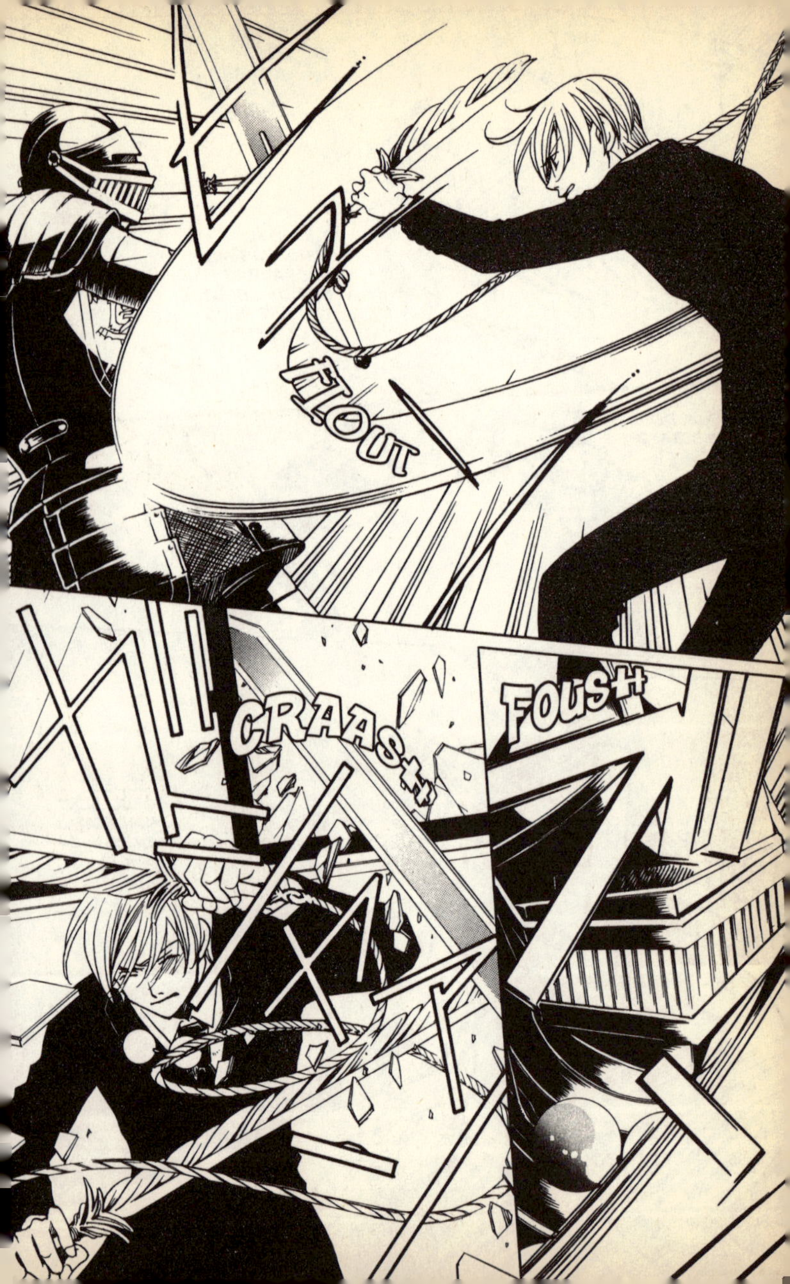
FLOUT
FOUSH
CRAASH

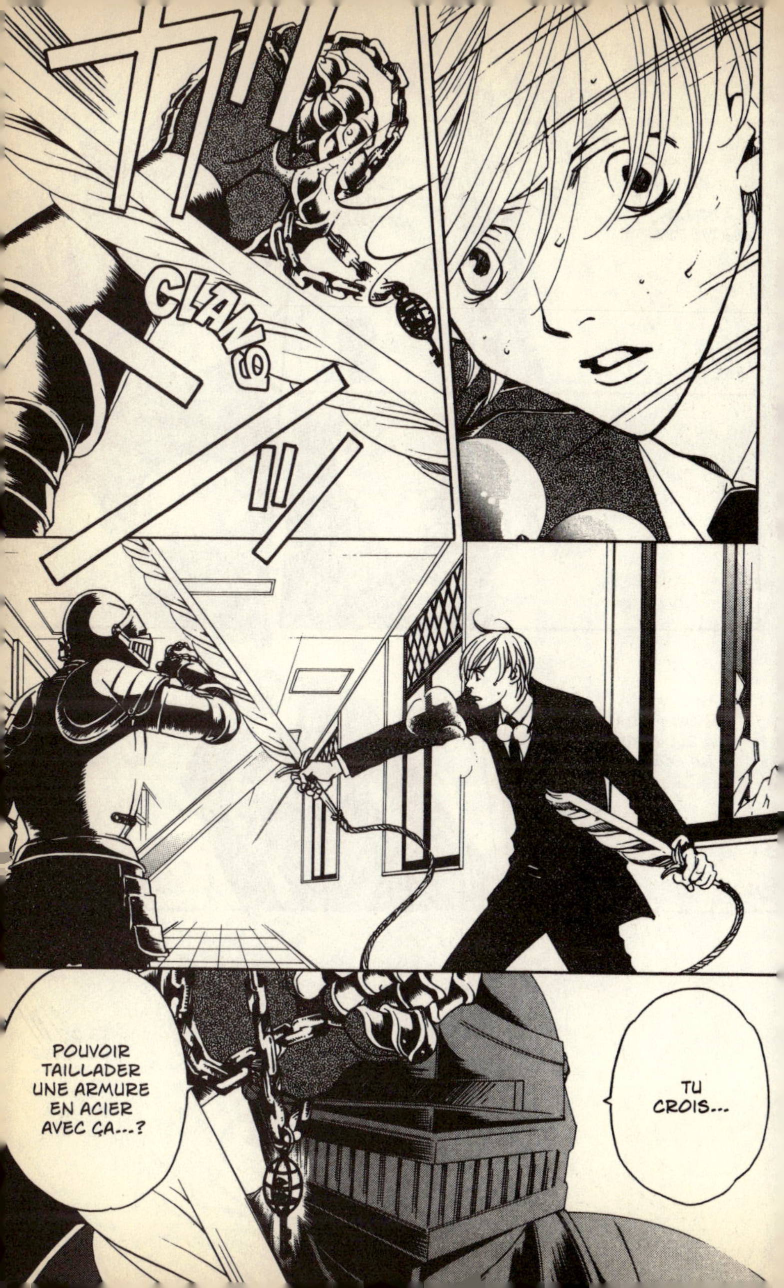
CLANG
TU CROIS...
POUVOIR TAILLADER UNE ARMURE EN ACIER AVEC ÇA...?

"IL FAUT UTILISER TON IMAGINATION.
ET LA CONCRÉTISER."
C'EST VRAI.
IL FAUT IMAGINER.
NOUS NE SOMMES PAS DANS LA RÉALITÉ,
JE N'ARRIVERAI À RIEN PAR LA FORCE.
JE DOIS TRANCHER PAR LA FORCE DE MON ESPRIT.

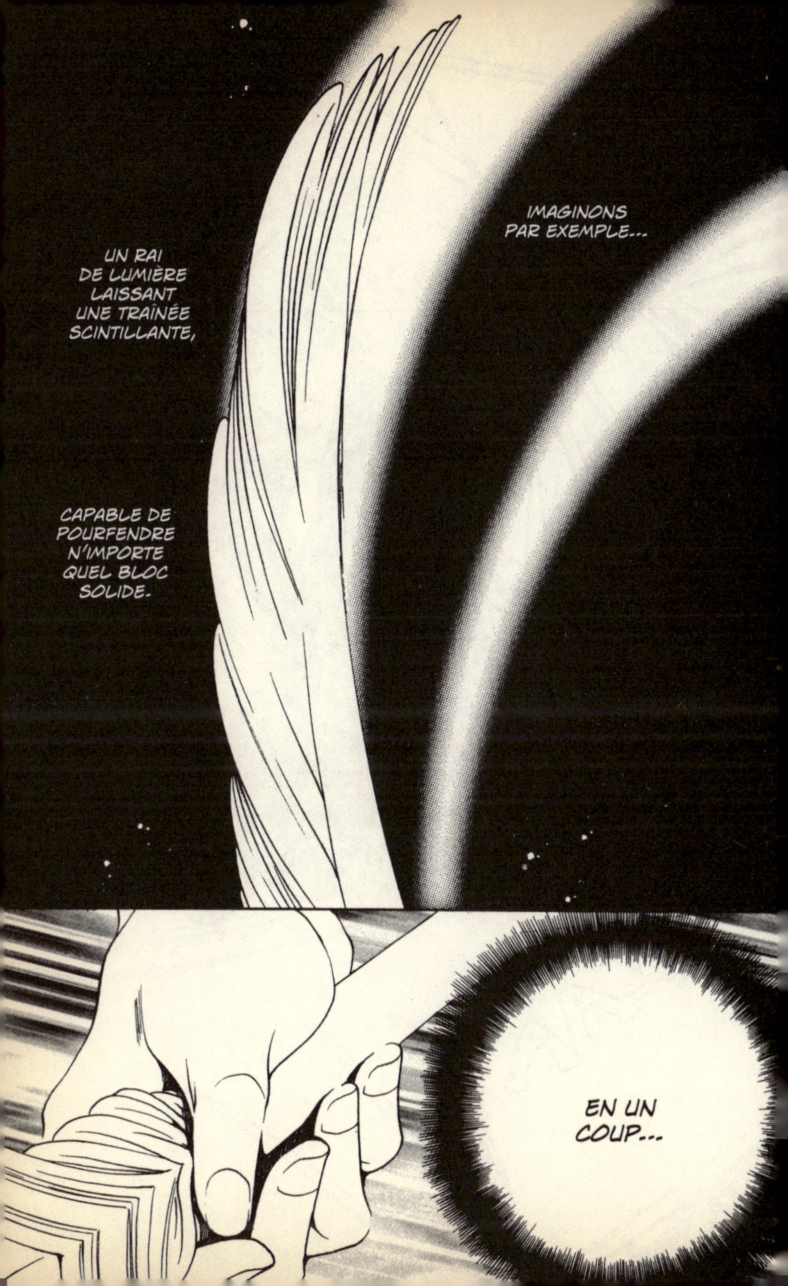
IMAGINONS PAR EXEMPLE...
UN RAI DE LUMIÈRE LAISSANT UNE TRAÎNÉE SCINTILLANTE,
CAPABLE DE POURFENDRE N'IMPORTE QUEL BLOC SOLIDE.
EN UN COUP...

SHLAA

FOUSH

SHLAC
FLOC

HAA
HAA
FF
CRAC
FF
HA
...

... QUEL CALME...
IL N'Y A AUCUN BRUIT...
FF...

MON INSPIRATION...
MON EXPIRATION...
UN SON...
QUE JE N'AI JAMAIS ESSAYÉ D'ÉCOUTER...
... MON VISAGE... JE NE LE TROUVE PLUS...
JE NE SUIS PLUS LÀ,
JE ME SUIS PERDUE QUELQUE PART.
JE M'ENTENDS JUSTE RESPIRER.

JE M'ENTENDS
EXISTER ICI.

SNIF
SNIF

TAP
TAP
... TOI...
D'OÙ VIENT CE SANG ?
... CE N'EST PAS LE TIEN.
OÙ SONT LES AUTRES ÉLÈVES ?
... TU LES AURAIS ... !
ILS SONT TROP FAIBLES.
S'ILS VEULENT GAGNER, ILS N'ONT QU'À DEVENIR PLUS FORT.
QU'EST-CE QUE TU AS FAIT À KURÉHA ?!!

CE N'EST QU'UN RÊVE, J'AI BIEN LE DROIT DE FAIRE CE QUE JE VEUX.
TA PRINCESSE EST RÉVEILLÉE DEPUIS LONGTEMPS,
ELLE DOIT ÊTRE EN TRAIN DE SE FAIRE UN BON PETIT THÉ.
... POURQUOI EST-CE QUE TU BLESSES LES GENS SI FACILEMENT ... !
...
MIDORI ...!
ELLE A RÉUSSI À S'EN SORTIR.
C'EST TOI QUI L'AS SAUVÉE !
PAS DRÔLE
HEIN ?

SALLE DE PERMANENCE
ガラ
MIDORI...!?
ELLE AVAIT UNE CLEF.
ELLE VEUT DONC NOUS QUITTER.
... MIDORI !

School

CRAC
CLIC
ALORS ?
TU SAIS QUE SI TU LA LUI PRENDS, TU PEUX PARTIR ?
... OH NON...
C'EST ELLE QUI L'A OBTENUE, ELLE LUI APPARTIENT.
JE N'AI PAS CE DROIT.
CE N'EST PAS...
ENCORE MON TOUR...
AH
TU NE LUI FERAS RIEN !!
SI TU TENTES QUOI QUE CE SOIT...
JE SAIS ! JE RESTERAI TRANQUILLE.

JE M'EN MOQUE DE CETTE CLEF,
ET DE QUITTER CE LYCÉE.
PUIS-QUE...
...

JE SAIS DÉJÀ CE QUI SE PASSE
DE L'AUTRE CÔTÉ DE CETTE PORTE...
VLAM

DiNg
DONg
DiNg

BIEN DORMI, MASHIRO ?
... LA CLOCHE A SONNÉ.
QUELQU'UN A DONC RÉUSSI À S'EN ALLER.
... OUI...
LA CLEF... ELLE ÉTAIT DANS MON CORPS...
... C'EST ELLE... CELLE QUI EST PARTIE...
... ELLE...
... IL SUFFIT PARFOIS D'UN PETIT DÉCLIC POUR QUE LA VOIE S'OUVRE DEVANT TOI.
À LA SEMAINE PROCHAINE, MASHIRO.
... BIEN...
... JE N'ARRIVE PAS À ME SOUVENIR...
DU NOM... DE CETTE PERSONNE...

SALLE DE PERMANENCE
... ALORS KURÉHA, TU T'ES RÉVEILLÉE TOUT DE SUITE, HIER.
OUI... LA PETITE FILLE M'A EUE TRÈS VITE.
QUI EST-CE QUE ÇA PEUT BIEN ÊTRE ?
ELLE EST FORTE, MAIS ON DIRAIT QU'ELLE SE RIT DES GENS.
JE N'AR-RIVE PAS SAVOIR CE QU'ELLE A EN TÊTE.
CE QUI EST SÛR, C'EST QU'ELLE N'EST PAS SI PETITE QU'ELLE EN A L'AIR...
PLAF
!!

GRAP
QU'EST-CE QUE TU AS ?
J'AI... COMME L'IMPRESSION QUE CETTE PLACE EST RÉSERVÉE...
IL Y A TOUJOURS QUELQU'UN ICI, NON ?
AH BON ?
OUI ...
TU T'EN SOUVIENS ?
NON ...
... QU'Y A-T-IL... POURQUOI CETTE IMPRESSION ÉTRANGE ?
JE CROIS POURTANT LUI AVOIR PARLÉ RÉCEMMENT...
UNE CONVERSATION IMPORTANTE...
...
BOBOM

SALLE DE PERMANENCE
VRR
BAM
CLAC
VLAM

tm
tm
...
À QUOI TU JOUES...
...
SO...
CE CASIER,
TU TE RAPPELLES À QUI IL APPARTENAIT ?
...
NON...
ET CELUI-LÀ ?
ET CELUI D'À CÔTÉ ?
J'AI OUBLIÉ...
QU'EST-CE QU'IL T'ARRIVE, TOUT D'UN COUP ?

ILS SONT TOUS VIDES !!
IL NE RESTE MÊME PAS UN NOM... !
ET AUCUN SOUVENIR !!
ILS DEVAIENT POURTANT ÊTRE LÀ... MAIS JE NE ME RAPPELLE RIEN !
ON ÉTAIT PEUT-ÊTRE AMIS !! ON A PEUT-ÊTRE PARLÉ DE CHOSES IMPORTANTES !!
...
ILS SONT PARTIS PEU À PEU. TU LE SAVAIS DEPUIS LONGTEMPS, NON ?
C'EST MAINTENANT QUE TU LE RÉALISES ?
J'AI PEUR... QU...
QU'EST-CE QU'IL S'EST PASSÉ ?
OÙ SONT-ILS TOUS ALLÉS... ?

ILS ONT "QUITTÉ LE LYCÉE".
... TOUT COMME TU LE FERAS, UN JOUR.
TOI AUSSI,
TU DISPARAÎTRAS D'ICI.
PERSONNE NE SE SOUVIENDRA DE TON EXISTENCE.

ET MOI AUSSI
JE T'AURAIS OUBLIÉE...

...
... POURQUOI...
POURQUOI EST-CE QUE TU ME DIS UNE CHOSE AUSSI HORRIBLE...!

PARCE QUE
JE T'AIME...

...
BOM
... JE SUIS UN GARÇON ...
JE N'AR-RÊTE PAS DE TE LE RÉPÉTER...

BOBOM
TU ES BOUCHÉ OU QUOI...! ?
TAP
TAP
TAP
TAP TAP
MASHIRO !
TE VOILÀ ! JE TE CHERCHAIS.
TU M'AVAIS PROMIS QU'ON IRAIT À LA BIBLIOTHÈQUE ENSEMBLE.

VLAF
BOBOM
MASHIRO...?
... KURÉHA ...
DIS-MOI QUELQUE CHOSE... N'IMPORTE QUOI...
HEIN ?...
EUH...
BEN...

JE T'ADORE, MASHIRO ♡
HAYAA
HÉ ! REGARDEZ ÇA.
ILS S'AFFICHENT ENCORE.
C'EST LE GRAND AMOUR.
JE LES ENVIE TROP.
HA HA HA HA
CHAPITRE 6 / FIN

CHAPITRE 7

PARCE QUE
JE T'AIME...
JE SUIS LE ROI DES IDIOTS.

POURQUOI M'ENFUIR ?
J'AURAIS DÛ GARDER MON CALME.
C'ÉTAIT L'OCCASION OU JAMAIS DE LUI DEMANDER
POURQUOI IL EST PERSUADÉ QUE JE SUIS UNE FILLE.
...
JE N'ARRIVE PAS À DORMIR ...

QUE LUI RÉPONDRE ?
JE NE M'AVOUERAI PAS VAINCU.
JE T'AURAI, SO...
JE LUI RABATTRAI SON CAQUET...
NON
NE T'ÉNERVE PAS... IL SUFFIT DE L'IGNORER.
JE NE SUIS PAS UNE FILLE...
PAS LA PEINE DE LUI TENIR TÊTE...
...
...
POURQUOI EST-CE QU'IL M'...
...
IL EST... SÉRIEUX ... ?
... JE N'ARRIVE PAS À DORMIR...

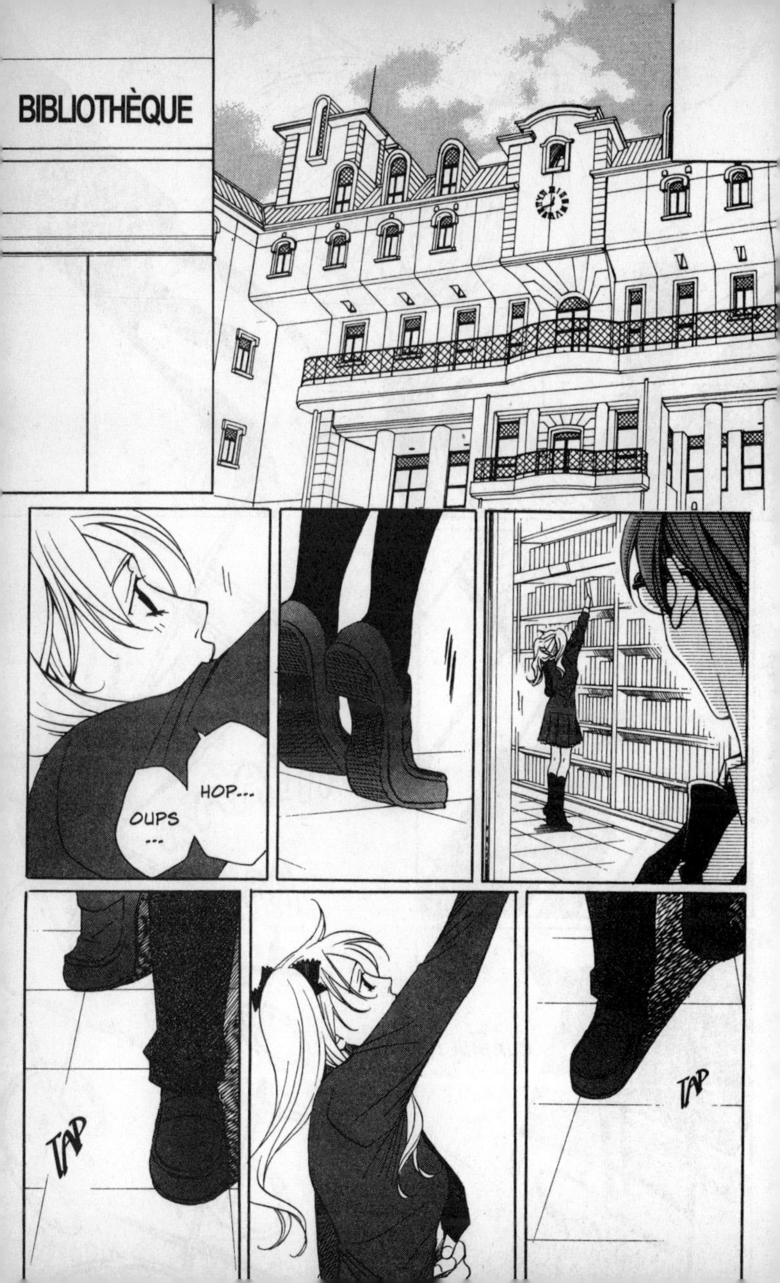
BIBLIOTHÈQUE
HOP...
OUPS
...
TAP
TAP

HIYAAAA
AAAAAH
... KURÊHA !?
STAP !

VRR
MASHI...
RO...
...!!

AH
NE T'APPROCHE PAS DE KURÉHA !!
... PARD...
...
EUH... JE...
TU ES... SHINBASHI, DE LA CLASSE D.
QU'EST-CE QUE TU LUI AS FAIT ?!
MAIS... NON...
... JE NE LUI AI ENCORE RIEN...
"ENCORE" QUOI !?
TU ALLAIS ME FAIRE QUOI, EN-SUITE !?

TU ME DÉGOÛTES !! T'APPROCHE PAS DE MOI, SALE VERMINE !!
VA MOURIR !!
OUH
... EUH... KURÉHA ... ?
LÀ, TU VAS UN PEU LOIN...
NON... PARDON.
C'EST MA FAUTE.

JE SUIS SINCÈREMENT DÉSOLÉ ...
JE NE T'APPROCHERAI PLUS, NE T'EN FAIS PAS.
... HEIN ?
IL S'EST JUSTE TENU DERRIÈRE TOI...?

MAIS ALORS, IL NE T'A RIEN FAIT ?
J'AI CRIÉ PARCE QUE J'AI PENSÉ QU'IL ALLAIT ME FAIRE QUELQUE CHOSE !
POURQUOI TU FAIS CETTE TÊTE ?
JE DOIS ATTEN-DRE QU'IL M'AGRESSE POUR ME FÂCHER !?
CE N'EST PAS ÇA... MAIS...
LE TRAITER DE "VERMINE" POUR UN SOUPÇON... C'ÉTAIT UN PEU TROP...
LES HOMMES SONT TOUS DES VER-MINES ! ILS SONT PIRES QUE ÇA !!
POURQUOI TU NE ME COM-PRENDS PAS !?
POURQUOI TU ME DIS ÇA !?
ALORS QUE TU SAIS CE QUE J'AI SUBI !

LES HOMMES DEVRAIENT TOUS MOURIR...
ILS N'APPORTENT RIEN DE BON... !!
C'EST VRAI...
L'APPARENCE QU'ELLE PREND DANS LES RÊVES,
AUSSI LOIN DE LA RÉALITÉ SOIT-ELLE, EST LA VRAIE NATURE DE KURÉHA.
CE REGARD EMPLI DE HAINE
EST LE VRAI REGARD DE KURÉHA...

... TU TROUVES QUE JE SUIS DÉSAGRÉABLE... ?
QUE MON CŒUR EST ABOMINABLE... ?
... PAS DU TOUT...
MAIS ...
JE SUIS AUSSI UN HOMME... ALORS ÇA ME PERTURBE UN PEU.
TOI, TU ES SPÉCIAL MASHIRO !! TU N'ES PAS COMME LES AUTRES GARÇONS !!
C'EST ÉVIDENT, NON !?
... "SPÉCIAL"
C'EST
PARCE QUE JE SUIS À MOITIÉ FILLE ?
TU NE ME CRAINS PAS À CAUSE DE CE CORPS MASCULIN INCOMPLET ...

QU'EST-CE QUE TU RACONTES !?
JE TE DIS QUE JE T'AIME TOUT "SPÉCIALEMENT" !!
MASHIRO, TU ES UN GARÇON, NON !?
POURQUOI ES-TU SI PEU SÛR DE TOI...!?
... TU AS RAISON ...
DÉSOLÉ ...
PEU SÛR DE MOI...
OUI, JE M'EN RENDS COMPTE, MAINTENANT.
JE ME SENS TROP NUL.

DORTOIR
GARÇONS

STAP
HÉ, ATT...
NE ME FUIS PAS !!
IL FAUT QU'ON SE PARLE !!
AH BON...
TU AS JUSTE VOULU L'AIDER À PRENDRE UN LIVRE ?
POURQUOI TU NE L'AS PAS DIT TOUT À L'HEURE ?
... L'AMBIANCE N'ÉTAIT PAS PROPICE AUX JUSTIFICATIONS...
VOUS ÉTIEZ BIEN ÉNERVÉS TOUS LES DEUX.
AH OUI ...
DÉSOLÉ... J'ÉTAIS HORS DE MOI.

ET PUIS,
JE N'ÉTAIS PAS COMPLÈTE-MENT INNOCENT NON PLUS...
COM-MENT ÇA ?
... EH BIEN,
JE NE DEVRAIS PAS DIRE ÇA À SON PETIT AMI, MAIS...
PETIT AMI...
LE MOT ME FAIT ROU-GIR.
JE SUIS AMOUREUX DE FUJISHI-MA.

JUSQUE-LÀ, JE N'AI PU LA REGARDER QUE DE LOIN,
ALORS J'ESPÉRAIS POUVOIR L'AIDER, NE SERAIT-CE QU'UN PEU.
MAIS TOUT CE QUE J'AI RÉUSSI À FAIRE, C'EST L'EFFRAYER.
TU LUI TRANSMETTRAS MES SINCÈRES EXCUSES.
JE VAIS CONTINUER À L'ADMIRER DANS MON COIN.
ÇA NE ME VA PAS DE JOUER AUX HÉROS.
...
EN FAIT,
TU ES UN TYPE BIEN !
AH OUI ?
JE SUIS UN HOMME TOUT À FAIT BANAL.
TANT MIEUX !
KURÉHA DOIT S'HABITUER AUX GARÇONS COMME TOI !

AH...
JE VAIS ESSAYER DE VOUS RAPPROCHER, J'EN PARLERAI À KURÉHA,
ET DISSIPERAI LE MALENTENDU, BIEN SÛR.
NOUS RAPPROCHER...
ALORS QUE TU ES SON PETIT AMI ?
"PETIT AMI"...
JUSTEMENT, PARCE QUE JE SUIS SON PETIT AMI !
JE TROUVE QU'ELLE NE DEVRAIT PAS S'ENFERMER DANS SA SITUATION ACTUELLE.
NE T'EN FAIS PAS, JE VAIS LA CONVAINCRE.
...
TU FERAIS MIEUX D'ÉVITER...
POURQUOI ? TOUT IRA BIEN !
SOIS PAS SI NÉGATIF, SHINBASHI !
...

NON !
JE M'EN FICHE DE CE SHINBASHI ET JE NE FRÉQUENTERAI PAS DE GARÇONS !
MAIS ...
POUR HIER, C'ÉTAIT UN MALENTENDU. CE N'EST PAS LE GENRE DE GARÇON QUI TE FERAIT DU MAL.
TU NE RISQUES RIEN À DEVENIR SON AMIE.

COMMENT ÇA !? POURQUOI TU VEUX QUE JE ME RAPPROCHE D'AUTRES GARÇONS !?
ÇA NE TE DÉRANGE PAS DE ME VOIR AVEC QUELQU'UN D'AUTRE !?
NON, BIEN SÛR. SHINBASHI EST UN TYPE SYMPA.
TU DEVRAIS TE FAIRE DES AMIS GARÇONS.
CE SERAIT UN BON DÉBUT...
POUR VAINCRE TES AN-GOISSES.
SINON, TU NE POURRAS JAMAIS QUITTER L'ÉCOLE.
... !
C'EST POUR ME FAIRE PARTIR...!?
TU TIENS TANT À CE QUE JE M'EN AILLE, MASHIRO !?

JE N'AI PAS DIT ÇA...
SI, TU L'AS DIT !!
TU VEUX ME PRÉSENTER UN AUTRE GARÇON
POUR ME CASER AVEC ET ME FAIRE PARTIR D'ICI.
C'EST HORRIBLE !!
MAIS NON, TU N'AS RIEN COMPRIS ...
TU M'AIMES VRAIMENT, MASHIRO !?
JE T'AIME,
C'EST POUR ÇA QUE JE ME FAIS DU SOUCI...
MENTEUR !!
CE "JE T'AIME" SONNE FAUX !!
QUOI ! MAIS NON !!

ALORS EMBRASSE-MOI SUR-LE-CHAMP !!
HEIN !?
QUOI, "HEIN !?". C'EST QUOI, CETTE RÉACTION !! VOILÀ, TU NE M'AIMES PAS !
MAIS...
LÀ, TU CHANGES DE SUJET... T'EMBRASSER...
JE NE PEUX PAS LE FAIRE ICI.
TOUT LE MONDE REGARDE...
JE NE TE DEMANDE PAS UN TÊTE-À-TÊTE AVEC SHINBASHI, JE SERAI LÀ AUSSI...
IDIOT !!
PLAF

TU N'AS RIEN COMPRIS, MASHIRO !! C'EST HORRIBLE !!
ESPÈCE DE PRINCE HYPOCRITE !!
NE ME PARLE PLUS JAMAIS !!
TAA
TAA
TAA
HÉ... !
KURÉHA ... !!
... C'EST QUOI, CE "PRINCE HYPOCRITE"... !
POURQUOI EST-CE QU'ELLE S'ÉNERVE CONTRE MOI...!!

C'EST UNE RÉACTION TOUT À FAIT NORMALE.
JE T'AVAIS POURTANT PRÉVENU.
C'EST LA PREMIÈRE FOIS QUE JE LA VOIS SI FÂCHÉE...
J'ÉTAIS LOIN DE ME DOUTER QUE ÇA FINIRAIT COMME ÇA.
TU NE COMPRENDS RIEN AUX FILLES. ÇA M'ÉTONNE.
COMMENT ÇA...
JE NE SUIS PAS UNE FILLE, JE NE PEUX PAS SAVOIR.

JE CROYAIS QUE LES GARÇONS QUI AVAIENT DU SUCCÈS AUPRÈS DES FILLES LES COMPRENAIENT.
DU SUCCÈS ...
NON, JE NE SUIS PAS...
ALORS QUOI ?
EH BIEN...
JE SUIS... BANAL...
JE MENS.
JE NE SUIS ABSOLUMENT PAS BANAL.
JE SUIS UN HOMME TOUT À FAIT BANAL.

J'ENVIE SHIN-BASHI.
TU DÉPRI-MES ?
TU NE DE-VRAIS PAS, TOUS LES COUPLES SE DISPUTENT UN JOUR.
IL ARRIVE À AFFIR-MER SANS HÉSITATION QU'IL EST "UN HOMME BANAL".
ET NE T'EN FAIS PAS POUR MOI,
DE TOUTE FAÇON, JE N'AVAIS JAMAIS ESPÉRÉ ME RAPPROCHER D'ELLE.
JE M'EXCUSE DE T'AVOIR IMPLIQUÉ LÀ-DEDANS.
FINALEMENT, JE NE SUIS TOUJOURS NI HOMME NI FEMME.
NI PHYSIQUE-MENT
NI MENTALE-MENT...

--- JE TE VOIS SOUVENT AVEC SHIN-BASHI, CES DERNIERS TEMPS.
LE CHOIX EST ASSEZ SURPRENANT.

STAP
... JE NE DOIS PAS FUIR.
CETTE FOIS-CI, JE N'ABANDONNERAI PAS LE COMBAT.
COMMENT ÇA SE FAIT ?
... ÇA NE TE REGARDE PAS.
CERTES,
MAIS ÇA ME PERTURBE.
POURQUOI ?
...EH BIEN...

... TU M'AS EMBRASSÉ DANS L'ASCENSEUR...
ET CHAQUE FOIS, TU...
TOUT CE QUE TU AS FAIT DEPUIS LE DÉBUT.
POURQUOI EST-CE QUE...
... MOI AUSSI, J'AI BEAUCOUP DE QUESTIONS À TE POSER.
TU VEUX ME FAIRE RÉPÉTER QUE JE T'AIME ?
... AH BON,
TU M'AS EMBRASSÉ PARCE QUE TU M'AIMAIS...
...!
NON, JE DOIS RESTER CALME.

C'EST ÉVIDENT,
JE NE FERAIS JAMAIS ÇA À QUELQU'UN QUE JE N'AIME PAS...
...
EN FAIT, SI.
J'AVAIS OUBLIÉ.
...
QUEL GOUJAT ! ...
SO...
POUR QUELLES RAISONS TU ME CONSIDÈRES COMME UNE FEMME ?
JE N'EN SUIS PAS UNE,
JE NE COMPRENDS PAS DU TOUT.
MOI NON PLUS.

JE CROYAIS QUE LES GARÇONS QUI AVAIENT DU SUCCÈS AUPRÈS DES FILLES LES COMPRENAIENT.
PLAGIAT
AH.
...
"AH "... C'EST TOUT ?
AUCUNE MODESTIE...
ALORS TU COMPRENDS LES MECS ?
PAR EXEMPLE,
CE QU'ON PEUT RESSENTIR QUAND LA FILLE QU'ON AIME A L'AIR TRÈS PROCHE D'UN AUTRE TYPE...
...
JE ME DIS "OH, ILS S'ENTENDENT BIEN".
ÇA NE TE DÉRANGE PAS ?
SI LE TYPE EST SYMPA, NON.
MAIS CE SERAIT ENCORE PIRE.
À VOIR TA RÉACTION, LA FILLE EN QUESTION, TU NE L'AIMES PAS.
BLUSH
... MAIS SI !

SI C'ÉTAIT MOI, JE VOUDRAIS QU'ELLE NE PARLE À PERSONNE,
JE NE VOUDRAIS PAS LA VOIR SOURIRE À D'AUTRES.
JE VOUDRAIS TOUT SAVOIR DE SES CON-VERSATIONS, JUSQU'AU MOINDRE DÉTAIL.
... JE LA VOUDRAIS MIENNE, TOUT ENTIÈRE.
BOBOM
...
MÊME ... DE FORCE ?
BOBOM

DE FORCE, S'IL LE FAUT.
... SI JE PEUX VRAIMENT Y ARRIVER DE CETTE FAÇON...
MAIS ALORS,
C'EST BIEN LUI...!!
...C'EST JUSTE DE L'ÉGOÏSME !!
ABSOLUMENT.
OÙ EST LE MAL ? J'AI PAS LE DROIT D'AVOIR DES PENSÉES ÉGOÏSTES ?
NON, BIEN SÛR !
TU N'AS PAS LE DROIT DE LE FAIRE, ALORS TU NE DOIS PAS Y SONGER NON PLUS !!
TU N'ES JAMAIS TOMBÉE AMOUREUSE DE QUELQU'UN.

C'ÉTAIT PAREIL POUR MOI...
JUSQU'À MAINTENANT,
JE N'AI JAMAIS PU VRAIMENT AIMER QUELQU'UN.
MAIS MAINTENANT,
JE SUIS AMOUREUX DE TOI.

BAM
ARRÊTE, JE TE RÉPÈTE QUE JE SUIS UN GARÇON !!
BOBOM
BOBOM
... JE VAIS RENTRER ...
ON VA BIENTÔT ÉTEINDRE.
...
SI TU PERSISTES À DIRE QUE TU ES UN HOMME...
MONTRE TON CORPS.

ÇA NE VA PAS, NON !? TRIPLE IDIOT !!
... C'EST UNE BLAGUE
MAIS TA RÉACTION
ÉTAIT CELLE D'UNE FILLE.
... LÂCHE ... !
DIRE QUE J'AI ESSAYÉ DE TE PARLER SÉRIEUSE-MENT !

VRR

UN
DEUX
TROIS
QUATRE
POT
MOMO
CRR
TIENS,
MERCI.
... MASHIRO.

... JE SUIS RASSURÉ
QUE TU NE SOIS PLUS FÂCHÉE...
SI, JE LE SUIS.
JE LE SUIS TOUJOURS, MAIS...
JE T'AIME QUAND MÊME, MASHIRO,
ET JE NE VEUX PAS AVOIR UNE SALE TÊTE QUAND JE SUIS AVEC TOI.

TU AS RAISON...
JE M'EX-CUSE...
JE NE VEUX PAS QUE TU T'EN AILLES.
MAIS,
TON APPARENCE DANS LES RÊVES ME FAIT TELLEMENT... DE PEINE...
JE VOU-DRAIS TE SAUVER, KURÉHA.
EN RÊVE,
ET DANS LA RÉA-LITÉ.
... OUI

MERCI...
MADAME...
QUE DEVIENNENT LES GENS QUI ONT QUITTÉ L'ÉTABLISSE-MENT ?
JE VEUX DEVENIR UN HOMME COMPLET, PHYSIQUE-MENT ET MENTALE-MENT.
... MON SOUHAIT SERA-T-IL EXAUCÉ ?

IL LE SERA.
TOUT LE MONDE A UN SOUHAIT.
CE COURS EST LÀ POUR VOUS DONNER LA FORCE DE LE RÉALISER.
ET CETTE ÉCOLE EXISTE POUR CE COURS.
... VOUS ME RAS-SUREZ.
... ALORS LES GENS QUI SONT PARTIS
ONT TOUS TROUVÉ LEUR BONHEUR ...
DING

DONG
DING
QUOI... C'EST UN RÊVE... ÇA... ?
Y A AUCUNE DIFFÉ-RENCE AVEC LA RÉALITÉ... PAS DRÔLE.
... LE PLAFOND EST TROP BAS... J'AI MAL AU COU... ZUT, JE VAIS SORTIR.
CRAAAC

... KURÉHA !
ÇA VA ?
MASHIRO ...
JE TE CHER-CHAIS.
J'AI ENTENDU L'ARMURE... JE ME CACHAIS.
NE T'EN FAIS PAS, IL EST PARTI.

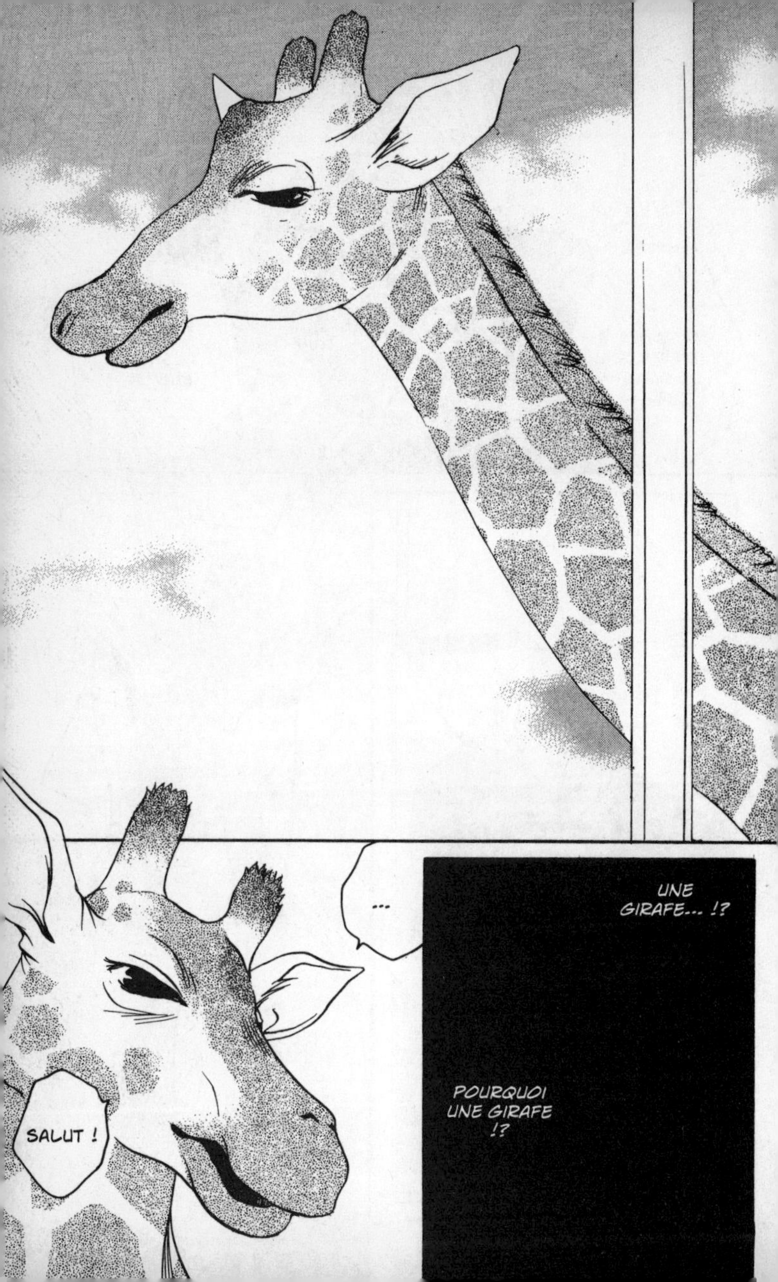
UNE GIRAFE... !?
POURQUOI UNE GIRAFE !?
...
SALUT !

ELLE PARLE !!
TU ES AUSSI UN ÉLÈVE...
CONVOQUÉ À L'INFIRMERIE DU SOUS-SOL...
OUI.
C'EST MON PREMIER COURS. ENCHANTÉ.
ÇA ALORS ...
MASHIRO ICHIJO,
TU ES LE SEUL À GARDER TON APPARENCE RÉELLE...

C'EST ÉTONNANT COMME ILS SONT TOUS PLUS HORRIBLES LES UNS QUE LES AUTRES.
DIRE QU'ILS SONT TOUS SI TORDUS EN LEUR FOR INTÉRIEUR.
JE RISQUE D'ÉCLATER DE RIRE EN LES CROISANT DANS LA RÉALITÉ.
QU'EST-CE QU'ELLE RACONTE...
ELLE NE SAURA PAS QUI C'EST DANS LA RÉALITÉ...
KURÉHA FUJISHIMA...

DIRE QUE JE TE TROUVAIS MIGNONNE.
TU ME DÉÇOIS.
QU...
ELLE ARRIVE À VOIR
L'APPARENCE RÉELLE DES PARTICIPANTS...!?
CHAPITRE 7 / FIN

KURÉHA FUJISHIMA...
DIRE QUE JE TE TROUVAIS MIGNONNE.
TU ME DÉÇOIS.
QU...
ELLE ARRIVE À VOIR

L'APPARENCE RÉELLE DES PARTICIPANTS...!?

SSH

... GIRAFE !!
TU CONNAIS L'IDENTITÉ DE TOUS LES PARTICIPANTS !?
... HEIN ?
QUOI, VOUS NE LES VOYEZ PAS, VOUS ?
... C'EST DONC ÇA,
ON EST DANS UN MONDE ANONYME,
OÙ JE SUIS LE SEUL À POSSÉDER LE POUVOIR DE PERCER LES IDENTITÉS... BIEN BIEN.
GIRAFE !!
QUI EST L'ARMURE ?!

AH-
L'AR-MURE ?
HA HA... LUI, C'EST...
PLAF
OUH-
SHAF
CRAC
...!!
MINCE !! HÉ, VOUS,
ARRÊTEZ LA PLUIE...

...!? ELLE S'EF-FONDRE
GIRAFE !?
QU'EST-CE QU'ELLE A !?
HÉ !!
SHLING
ELLE ME FAIT BIEN RIRE.
SHRAC
C'EST UNE GIRAFE EN PAPIER !!
ZU...
ZUT
CRAC
JE VOULAIS TE DÉCOUPER EN MORCEAUX,
MAIS TU N'EN VAUX MÊME PAS LA PEINE.
TU N'ES QU'UN DÉCHET.

CRRRR
FFF
CLING
!!
... FUYONS, KURÉHA.
VIENS !!
...!

ON VA SE CACHER TOUS LES DEUX.
AU PIRE, JE ME BATTRAI.
T'EN FAIS PAS, J'AI UNE ARME...
SHLAAAA

PLAF
...
AH...
SAUV...
SSH
SSH
SSH
...

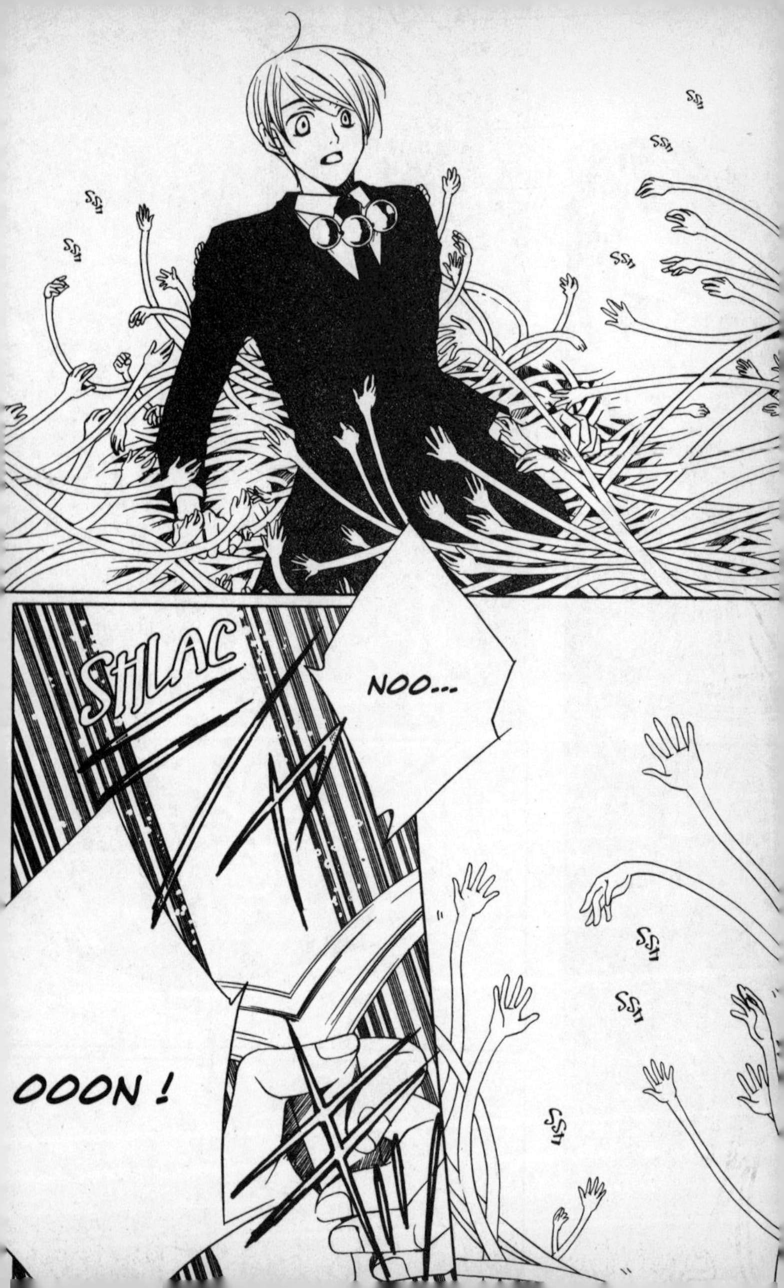

SSH
SSH
SSH
SSH
SSH
SHLAC
NOO...
OOON !
SSH
SSH
SSH

AAAH...
CRAC
ZAM
ZASH
NOOOOON !
SPLATCH

HAA
AH
HAA...
...
CRAC

CRR
!!
JE M'EN-FONCE !
---!!
CRR
CRR
CRR
CRR

TU VEUX DE L'AIDE ?
ZRR
...!
... TU VEUX QUE JE T'AIDE ? ...
... POUR...
QUOI...
ZRR
BLOUP

CRAC !!
HAA
BIEN DORMI, MASHIRO ?
HAA...
...
OUH-
ÇA VA ?
QUOI DONC ?
C'EST QUE...
J'EN AI BU...

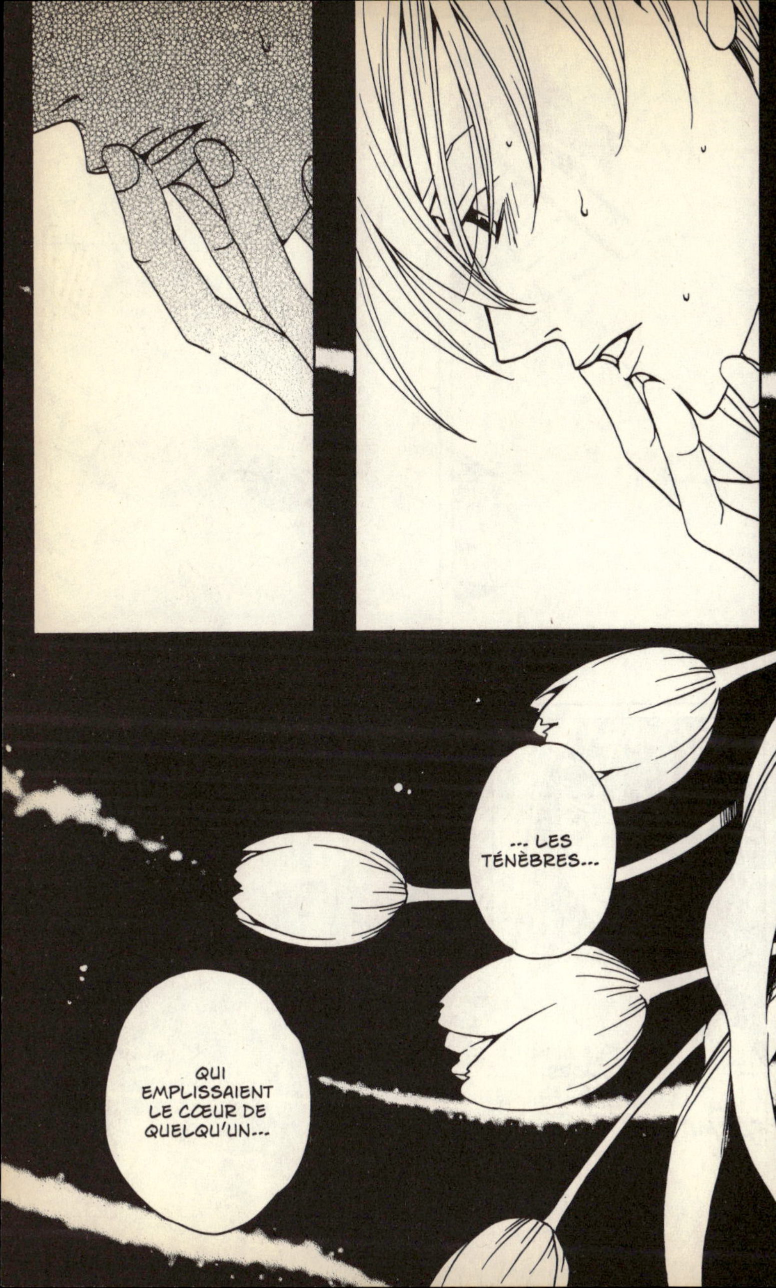
... LES TÉNÈBRES...
QUI EMPLISSAIENT LE CŒUR DE QUELQU'UN...

VOILÀ LA CLEF ♪
FÉLICITA-TIONS. TU VAS ENFIN NOUS QUITTER ? ♡
TU T'ES BIEN AMÉLIORÉ, DEPUIS TES DÉBUTS...
LA FERME !

NE ME TRAITE PAS EN GAMIN !
OU JE TE TUE !
TU NE PEUX PAS ME TUER,
TU N'AS AUCUN POUVOIR.
IL N'Y A QUE CE PETIT...
QUI PUISSE ME TUER...
SORCIÈRE ...!
TU NE RAMASSES PAS LA CLEF ?
SI TU VEUX T'EN ALLER,
TU PEUX PARTIR QUAND TU VEUX ...

SHCRAC
DiNg
DONg

BLA
BLA
BLA
L'ARMURE ?
HA HA... LUI, C'EST...
LA PROCHAINE FOIS QUE JE VERRAI LA GIRAFE, JE POURRAI SAVOIR QUI EST L'ARMURE.
LA PROCHAINE FOIS... AU PROCHAIN COURS...
... ICHIJO

... QUOI ?
...
GLUP
TU VIENS DÉJEUNER AVEC MOI ?
HEIIN !?
IL NE SE PASSE RIEN DE BON QUAND T'ES SEUL AVEC FUJISHIMA.
RIEN DE BON...
COMMENT ÇA ? C'EST QUOI, CETTE EXCUSE BIDON ?!

ÇA ME RENDRAIT MALADE DE MANGER EN TE PARLANT !
JE SAIS.
JE ME DIS MOI-MÊME QUE J'AGIS COMME UN MALADE.
...
SI TU EN ES CONSCIENT, ÉVITE DE ME PROPOSER CE GENRE DE CHOSES !
QUELLE MANQUE DE COURTOISIE !!
TAA
すた
TAA
すた
KURÉHA !!
ON VA À LA CANTINE !
AH...
OUI ♡

JE SUIS ÉPATÉE, TU AS VU CET ARTICLE ?
HEIN ...?
IL Y A UN CHAMPION DU MONDE D'ÉCHECS DANS NOTRE ANNÉE.
... AH BON...
UN JEUNE GÉNIE DE 14 ANS REMPORTE LE TOURNOI MONDIAL D'ÉCHECS
ITSUKI SHINONOMÉ (14 ANS)
L'ECOLE KÔKOKU
SHINO-NOMÉ...
ÇA NE ME DIT RIEN. IL EST AVEC NOUS ?
OUI, C'EST CELUI QUI A SAUTÉ UNE CLASSE !
ON EN A BEAUCOUP PARLÉ, IL PARAÎT QUE C'EST UN GÉNIE.
... AH BON...
...

...
DE QUOI TU PARLAIS AVEC SO MIZUHASHI ?
EUH...
NON... DE RIEN.
TU ME LE CACHES !? ÇA ME REND ENCORE PLUS CURIEUSE !!
MAIS...
CE N'ÉTAIT VRAIMENT PAS IMPORTANT.
TU L'AS POURTANT EMBRASSÉ !!
CO... COMMENT TU SAIS ÇA ?!
NOOOON
ALORS C'ÉTAIT VRAI !! J'Y CROIS PAS !!
EUH ...
HEIN ... ?

HÉ... ÉCOUTE-MOI,
C'EST LUI QUI M'A EMBRASSÉ DE FORCE...
JE NE SAIS PAS POURQUOI, MAIS SO EST PERSUADÉ QUE JE SUIS UNE FEMME.
ET...
MOI, JE SAIS POURQUOI.
QUAND TU ES AVEC LUI, TU AS VRAIMENT L'AIR D'UNE FILLE.
ET PUIS VOUS ÊTES TOUS LES DEUX DANS LE CLUB DE KENDO,
IL A PU VOIR OU REMARQUER QUELQUE CHOSE.

... DIS,
TOI QUI PARTICIPAIS À CE COURS AVANT MOI...
TU CONNAÎTRAIS L'IDENTITÉ DES AUTRES PARTICIPANTS ?
PAS DU TOUT.
... JE ME DEMANDE... SI CETTE ARMURE N'EST PAS SO...
ALORS JE VOUDRAIS LE DEMANDER À LA GIRAFE, LA PROCHAINE FOIS.
COMME ÇA, ON CONNAÎTRA SON IDENTITÉ...
DU COUP, SO...
TU AURAS TA RÉPONSE, ET APRÈS !?

QU'EST-CE QUE TU FERAS, APRÈS ÇA !?
QU'EST-CE QUE TU LUI FERAS, À MIZUHASHI !?
QU'EST-CE...
...
ET S'IL N'EST PAS CETTE ARMURE !?
SI JAMAIS TU DÉCOUVRES QU'IL N'A AUCUN LIEN AVEC NOS RÊVES !?
TU VAS TOMBER AMOUREUX DE LUI !?

...
... C'EST...
INCONCEVABLE...
DANS CE CAS, QU'EST-CE QUE TU EN AS À FAIRE ?!
COMME TOUT LE MONDE CONNAÎT TON APPARENCE RÉELLE, TU AS PEUT-ÊTRE ENVIE D'IDENTIFIER LES AUTRES À TON TOUR...
MAIS MOI, JE NE VEUX NI ÉPIER NI ÊTRE ÉPIÉE.
CE SERAIT DU VOYEURISME !

MOI QUI CROYAIS QUE TU AVAIS UN CŒUR PUR, MASHIRO...
TU ES TROP NUL !!

... CES DERNIERS TEMPS, KURÉHA A TOUJOURS LE DERNIER MOT...
ENCORE UNE DISPUTE ?
EUH... MOUI...
C'EST ÇA...
JE LA CROYAIS DOUCE ET MIGNONNE,
MAIS DÈS QU'ON SE QUERELLE, PAS MOYEN DE LA CONTREDIRE.
JE SUPPOSE QUE TU ES AUSSI SURPRIS QUE MOI ?
MM... NON, PAS TELLEMENT.
J'AI TOUJOURS SENTI QU'ELLE CACHAIT DES ÉPINES SOUS SA DÉLICATESSE.

CE QUE TU ME RACONTES NE FAIT QU'AMPLIFIER MES SENTIMENTS.
BIEN... FUJISHIMA EST VRAIMENT TROP BIEN...
... AH
TE TRAITER DE "PRINCE HYPOCRITE", C'EST TOUT SIMPLEMENT SUBLIME.
SI C'ÉTAIT MOI QU'ELLE AVAIT INSULTÉ, JE ME SERAIS AGENOUILLÉ SUR PLACE, RÉSOLU À LA SUIVRE TOUTE MA VIE.
...
SHINBASHI... JE CROYAIS QUE TU ÉTAIS UN GARÇON BANAL,
MAIS FINALEMENT, TU ES ASSEZ ÉTRANGE.
PAS TANT QUE ÇA,
JE SUIS JUSTE UN AMOUREUX SANS ESPOIRS.

AH, TU CROIS...
TOUT À FAIT.
SI JE SUIS DÉRANGÉ...
C'EST QUE L'AMOUR NOUS REND PLUS OU MOINS FOUS.
TU N'EST PAS D'AC-CORD ?
... JE NE SAIS PAS
TU N'ES JAMAIS TOMBÉ AMOU-REUX ?
"TU N'ES
JAMAIS TOMBÉE AMOUREUSE DE QUEL-QU'UN."

MAIS
QUI SUIS-JE SENSÉ AIMER ?
MOI QUI NE CONNAIS MÊME PAS MON PROPRE SEXE...

... QUOI ?
NE T'APPROCHE PLUS DE MASHIRO !!
... ET TU CROIS QUE JE VAIS T'OBÉIR ?
JE VAIS DIRE À TOUT LE MONDE QUE TU ES HOMO !!
PERSONNE N'Y CROIRA,
JE SUIS TROP CÉLÈBRE DE CE CÔTÉ-LÀ.
... NE ME DIS PAS QUE TU AIMES VRAIMENT MASHIRO !?
SI.
... POURQUOI ?! QU'EST-CE QUE TU AIMES EN LUI !?

--- MASHIRO NE PEUT PAS TOMBER AMOUREUX DE TOI !!
PUISQUE C'EST UN GARÇON !!
ÇA, JE LE DIRAI SI ICHIJO ME LE DE-MANDE.
MAIS TOI, TU N'AS PAS BESOIN DE L'ENTEN-DRE.
TU NE DEVRAIS PAS PLU-TÔT DIRE
"MÊME S'IL ÉTAIT UNE FILLE" ?
ET TOI, ALORS ?
TU CROIS QU'ICHIJO T'AIME VRAIMENT ?

IL M'A DIT QU'IL M'AIMAIT !!
IL ME L'A RÉPÉTÉ...
À PLUSIEURS REPRISES !!
ÇA SONNE FAUX.
...! IL NE ME MENTIRAIT PAS !!
IL EST TOUJOURS GENTIL AVEC MOI !!
ET IL ME DIT QUE JE SUIS MIGNONNE !!
TOUS SES AIRS DE PRINCE CHARMANT,
TU NE TROUVES PAS QUE ÇA FAIT HYPOCRITE ?
PLAF

... TU TE TROMPES !!

BONJOUR, MASHIRO ICHIJO.
C'EST LA PREMIÈRE FOIS QUE L'ON SE PARLE DANS LA RÉALITÉ.
... QUOI ?
QUI... ES-TU ?
ON A ÉTÉ INTERROMPU À CAUSE DE LA PLUIE,
ALORS JE SUIS VENU EXAUCER TON VŒU.

TU VEUX CONNAÎTRE L'IDENTITÉ DE "L'ARMURE" ?
UN JEUNE GÉNIE DE 14 ANS REMPORTE LE TOURNOI MONDIAL D'ÉCHECS
ITSUKI SHINONOMÉ (14 ANS)
ITSUKI SHINONOMÉ
SERAIT-IL...
CETTE GIRAFE !?

JE TE DONNERAI TA RÉPONSE...
ET MÊME L'IDENTITÉ DE TOUS LES AUTRES EN SUS.
... EN ÉCHANGE...
TU OBÉIRAS À MES ORDRES.
CHAPITRE 8 / FIN
L'INFIRMERIE APRÈS LES COURS VOLUME 2 / FIN

ASUKA • LES MANGAS

2005-2006

asuka.fr

PRÉPARAREZ-VOUS À VIVRE LE SPORT AVEC UN GRAND...
S
DE SETONA MIZUSHIRO DANS LA COLLECTION SHÔJO !

Découvrez la destinée de César Borgia...
You Higuri
Cantarella
Un enfant maudit, des pouvoirs divins,
un règne légendaire...
Le Shonen-Ai par excellence !

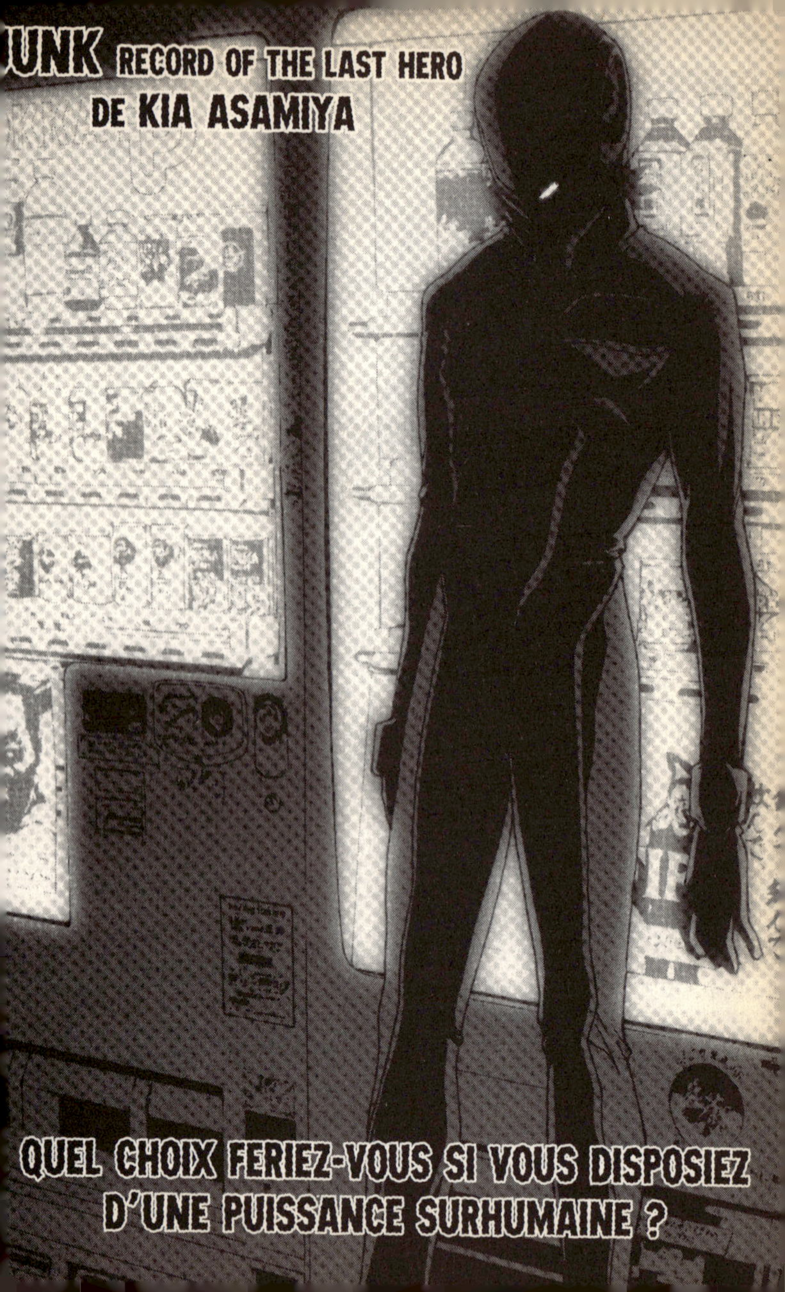
UNK RECORD OF THE LAST HERO
DE KIA ASAMIYA
QUEL CHOIX FERIEZ-VOUS SI VOUS DISPOSIEZ
D'UNE PUISSANCE SURHUMAINE ?

DÉCOUVREZ L'APOCALYPSE GOTHIQUE & GORE TOUT DROIT ISSUE DE L'ESPRIT DÉRANGÉ DU GRAND GÉNIE DE L'HORREUR EIJI OHTSUKA !!
LEVIATHAN
DESSINS : YÛ KINUTANI
SCÉNARIO : EIJI OHTSUKA

Black Jack
par Osamu Tezuka
Combien seriez vous prêt à payer pour rester en vie ?

ATTENTION !

Vous êtes ici à la fin de l'histoire, ce livre est édité en sens de lecture original japonais. Pour bien suivre les bulles et pages, vous devez lire de droite à gauche et de haut en bas.

HOUKAGO HOKENSHITSU volume 2

Originally published in Japan in 2005 by AKITA PUBLISHING Co., Ltd.
French translation rights arranged with AKITA PUBLISHING Co., Ltd.
trough TOHAN CORPORATION, TOKYO.

Édition française :

12, rue Vivienne
75002 Paris
Site internet : www.asuka.fr
Email : info@asuka.fr

Traduction : Miss S
Adaptation : Anne Vignol
Correction : Claire Deslandes
Lettrage & maquette : GB One
Couverture : Mr. Jetko

Achevé d'imprimer en France en mai 2006
sur les presses de Darantiere (Dijon-Quetigny)

Dépôt légal : mai 2006 - N° d'impression : 26-0105
Les ouvrages Asuka sont diffusés et distribués par Interforum Editis.